Un recorrido por la selva

Una aventura amazónica

Para Connie, Lynn y Nancy: todas ellas amigas queridas — L. K.

Muchas gracias al Dr. Paul Beaver de Amazonia Expeditions por compartir
con la autora sus conocimientos sobre los pueblos de la selva

Para Simone, siempre en nuestros corazones x — A. W.

Barefoot Books • 2067 Massachusetts Ave • Cambridge, MA 02140

Publicado por primera vez en Estados Unidos por Barefoot Books, Inc en 2010
y en Gran Bretaña por Barefoot Books, Ltd en 2010
Esta edición en rústica fue publicada en

Diseño gráfico por Louise Millar, Londres. Reproducción por B&P International, Hong Kong

La composición tipográfica de este libro se hizo en Potato Cut
Las ilustraciones se realizaron con papel impreso, tinta de imprenta y pinturas acrílicas

ISBN 978-1-84686-551-0

3 5 7 9 8 6 4

Un recorrido por la selva

Una aventura amazónica

Escrito por Laurie Krebs

Ilustrado por Anne Wilson

Barefoot Books
Celebrating Art and Story

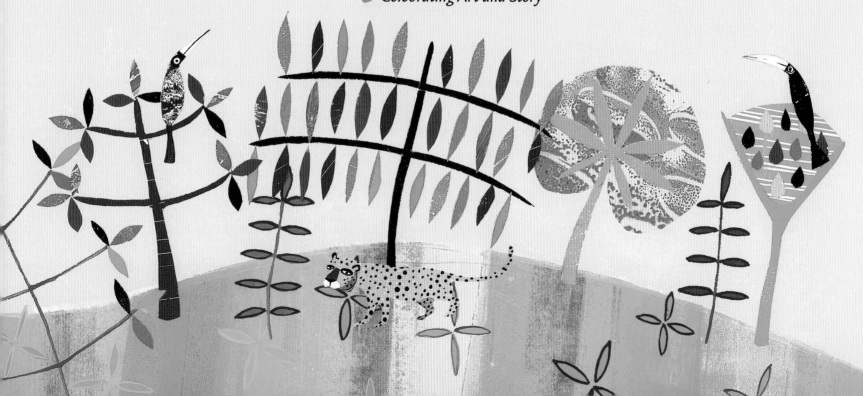

Amanece en la selva. Comienza la alegría.
Y todos entusiasmados saludan el nuevo día.

—Vuelen —graznan los loros,
desde las ramas y ramitas—.
Nos lanzaremos en picada a
desayunar las maduras frutitas.

—Salten —parlan los monos—.
O colúmpiense si se atreven.

—Nos colgaremos de la cola y saltaremos. Síganos, si pueden.

—Duerman —bostezan, casi dormidos, los perezosos.

—Tomaremos una siesta en los árboles frondosos.

—Naden —gorgotean los delfines
rosados con agrado—.
Guiaremos a nuestras crías
para que naden a tu lado.

—Liben —dicen las mariposas,
volando por el cielo—.
Tomaremos néctar y
provocaremos un revuelo.

—¡Cuidado! —chasquean los caimanes, con ojos avispados.

—Los que se descuiden, serán atrapados.

—Ocúltense —croan las coloridas ranas venenosas—.
Nos esconderemos entre estas hojas resbalosas.

—Marchen —ordenan las hormigas,
todas en fila—.
Traeremos trozos de hojas
hasta formar una gran pila.

—Tejan
—tararean las arañas,
haciendo una red—.

Atraparemos
la cena
para compartirla
con usted.

—Es-s-cabúllanse
—sisean el geco,
la iguana y la serpiente—.
Vamos a es-s-fumarnos,
es-s-currirnos, es-s-condernos
y es-s-caparnos.

—Agáchense —gruñen los jaguares
al atardecer—.
Nos ocultaremos para comenzar
nuestra cacería al oscurecer.

—¡Shh! —susurran las nutrias
a los cachorros en los nidos—.
Nos abrazaremos todos
hasta quedarnos dormidos.

El sol se pone en la selva.
En el cielo aparece la luna.
Y todos escuchan
canciones de cuna.

La selva amazónica

No hay ningún lugar en el mundo como la selva amazónica de Sudamérica. Gran parte de esta selva se encuentra en Brasil, pero también se extiende por zonas de Venezuela, Colombia, Ecuador, Perú y Bolivia. Es la selva tropical más grande de la Tierra y el hábitat de muchísimas plantas, animales y personas. Es una parte muy importante de nuestro ecosistema, puesto que en la selva hay árboles y plantas que limpian el aire que respiramos al transformar el dióxido de carbono en oxígeno. Por eso se dice que la selva es el "pulmón del planeta".

El río Amazonas es el sistema fluvial más extenso del mundo. Comienza en un arroyuelo en la cordillera de los Andes en Perú, y recorre más de cuatro mil millas cruzando Brasil hasta desembocar en el océano Atlántico. Sus ríos, arroyos y afluentes —los ramales de un río— fluyen por Colombia, Venezuela, Ecuador, Bolivia y las tres Guyanas. El río Amazonas contiene dos tercios de toda el agua dulce de la Tierra y es el hábitat de más de dos mil variedades de peces.

Se han registrado casi medio millón de especies de plantas en la selva amazónica. Esta selva tiene una quinta parte de las aves del mundo, cientos de mamíferos, más de un millar de variedades de ranas y un número asombroso de reptiles e insectos. Los científicos creen que aún faltan por descubrir plantas y animales. El ser humano ha vivido en la selva durante miles de años, en ocasiones junto a los ríos y otras veces en lo profundo de la selva. Cuando las plantas, los animales y las personas viven en equilibrio, la selva prospera.

Mar Caribe

VENEZUELA

COLOMBIA

GUYANA   SURINAM   GUAYANA FRANCESA

ECUADOR

Río Amazonas

LA SELVA
AMAZÓNICA

PERÚ

OCÉANO
ATLÁNTICO

BRASIL

BOLIVIA

OCÉANO
PACÍFICO

CHILE

PARAGUAY

ARGENTINA

AMÉRICA
DEL SUR

URUGUAY

Los pueblos de la selva amazónica

Hoy en día, la mayoría de personas de la Amazonía vive en ciudades o pueblos. Sin embargo, muchos grupos indígenas aún viven en la selva. Muchos viven como lo hacían sus antepasados, utilizando la selva como fuente de alimento, refugio, herramientas y medicinas. En las zonas aisladas del norte de la Amazonía hay grupos que no tienen, o tienen muy poco, contacto con el mundo exterior. La mayoría de los indígenas cree que los espíritus viven en las plantas y en los animales, y por eso respetan a los seres vivos y tratan de emplear sabiamente los recursos de la selva.

Los matis

Los indígenas matis, que siguen un estilo de vida ancestral, son uno de estos pueblos. Conocidos como el pueblo jaguar, se pintan la cara, tatúan el cuerpo y se atraviesan la nariz con espinas de palmera negra para imitar a los jaguares. Realizan coloridos rituales como la ceremonia de los mariwin, en la cual los hombres se pintan de negro el cuerpo, y usan máscaras rojas y hojas verdes. Las máscaras representan a los espíritus ancestrales.

Los hombres matis están entre los mejores cazadores de la Amazonía. Cuando cazan, utilizan una cerbatana de trece pies de largo y dardos envenenados, en lugar del tradicional arco y flecha. Los matis están orgullosos de su legado, que conservan con celo.

Los yanomami

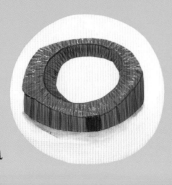

Las familias de los poblados yanomami viven juntas en una gran casa llamada shabono. Ésta tiene forma de anillo y tiene un patio interior descubierto. En esta casa se celebran los festejos y ceremonias. El techo es de paja y, dentro de esta edificación, cada familia tiene su propio espacio. Al estar juntos en una gran casa se protegen de otras tribus hostiles y de los desconocidos.

Los yanomami cazan y pescan en la selva. Cultivan un tubérculo muy nutritivo llamado mandioca y un tipo de plátano grande.

Los ribereños

Los ribereños, o pueblo del río, viven en la ribera del río Amazonas en pequeñas aldeas familiares. Los asentamientos constan de varias casas de madera con tres de sus lados abiertos. Las casas tienen techos impermeables hechos de palma, y se apoyan en pilares que las elevan por encima del nivel del agua en la temporada de lluvias.

Los ribereños tienen más contacto con el mundo exterior que las tribus que viven en lo profundo de la selva, por eso su estilo de vida es una mezcla de antiguas y nuevas costumbres. El pueblo del río usa la selva como fuente de alimento y medicinas. Se desplazan en piraguas talladas a mano. La mayoría sigue costumbres ancestrales y cree en el mundo de los espíritus, pero a diferencia de las tribus de la selva, que no llevan casi ropa, los ribereños se visten con camisetas, pantalones cortos y faldas. Asisten a la escuela, donde aprenden a leer, escribir y se preparan para trabajos fuera de su aldea. Hoy en día los ribereños viven entre dos mundos.

Para los indígenas de la Amazonía, la vida siempre se ha centrado en el bienestar de la selva. Han vivido en armonía con la naturaleza por miles de años... toda una lección para el mundo.

Conservación

La población de la selva amazónica ha crecido a pasos agigantados a medida que los grandes capitales del mundo descubren las riquezas de la Amazonia. Las empresas envían trabajadores a talar los árboles, extraer el oro y establecer ganaderías. Se han construido carreteras en la selva para que las utilicen estas industrias, destruyendo la flora y la fauna. Se queman miles de acres para crear tierras de cultivo. Desgraciadamente, la selva está desapareciendo, y muchas plantas y animales autóctonos han desaparecido para siempre. Conforme se mudan personas de otros lugares a esta zona para trabajar en las compañías, va disminuyendo la población indígena.

Los científicos y los conservacionistas trabajan para proteger y preservar la selva. Comparten nuevas ideas para invertir dinero en la selva y brindar apoyo a quienes viven ahí. Con la agricultura de tala y quema se destruyen árboles y plantas autóctonas que son necesarias por sus nutritivos frutos y aceites, y sus usos en la medicina natural. Se están plantando nuevos árboles y se están mejorando los métodos agrícolas. También se está capacitando a la población para la industria turística, lo cual ayuda a costear la atención médica y las escuelas de los poblados. Se anima a los gobiernos a aprobar leyes para proteger la selva. Estos esfuerzos están ayudando a restablecer el delicado balance de este importante y encantador lugar.

Por favor comuníquese con las siguientes organizaciones para descubrir cómo puede ayudar:
Oxfam: www.oxfam.org/es
Survival International: www.survival.es
World Wildlife Fund: www.wwf.org
Angels of the Amazon: www.perujungle.com

Los animales de la selva amazónica

La selva amazónica es el hábitat de muchos animales, grandes y pequeños.
Éstos son algunos de los representados en este libro:

Loros colicortos — Hermosos, inteligentes y jugue-
tones, los loros de la Amazonía están entre los primeros
animales que Cristóbal Colón vio en el Nuevo Mundo.
Son especialmente ruidosos al amanecer y al atardecer.

Monos araña — Los monos araña viven en grupos llamados tropas.
Son grandes acróbatas y pueden saltar desde la rama de un árbol, en
una de las orillas de un río angosto, hasta otra rama en la otra orilla.

Osos perezosos de tres dedos — Los perezosos
son mamíferos lentos y tímidos, que pasan la mayor parte de su
vida colgados, boca abajo, de las ramas de los árboles. Duermen
durante gran parte del día, pero son más activos de noche.

Delfines rosados — De cuerpo flexible, amigables y curiosos por
naturaleza, los delfines rosados han llevado hasta la orilla a personas
que se estaban ahogando al volcarse sus canoas.

Mariposas azules — Unas escamas diminutas en sus alas
reflectan la luz y producen el color brillante característico de estas
mariposas. En la antigüedad se pensaba que las mariposas eran
ángeles porque sus alas plegadas parecían manos rezando.

Caimanes negros — Los caimanes negros son reptiles carnívoros que viven en zonas de agua dulce en la selva. Son excelentes nadadores, y sus patas palmeadas y fuertes colas les sirven para impulsarse en el agua.

Ranas punta de flecha — Estas coloridas ranitas, más pequeñas que la uña del dedo pulgar, tienen veneno en la piel. Los depredadores se enferman con apenas probar el veneno y rápidamente aprenden a dejarlas en paz.

Hormigas cortadoras de hojas — Las hormigas cortadoras de hojas son las primeras granjeras del mundo. Transportan trozos de hojas a sus nidos y los mastican hasta convertirlos en una pulpa. Un hongo específico crece en la pulpa, y ése es su alimento.

Arañas — Las arañas tejen trampas pegajosas para capturar insectos que luego paralizan con su veneno. Las arañas cazadoras, como las tarántulas, usan sus colmillos venenosos o sus poderosas mandíbulas para matar a sus presas.

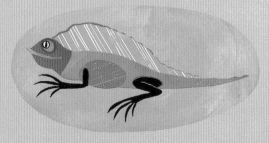

Iguanas verdes — Las iguanas verdes, uno de los numerosos lagartos de la selva, pueden alcanzar hasta seis pies de largo. Las iguanas jóvenes cazan insectos y gusanos en el suelo de la selva. Los adultos viven en los árboles y se alimentan principalmente de plantas.

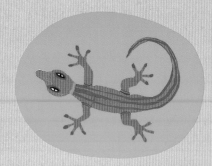

Gecos — Los gecos son los únicos reptiles que producen sonidos con la boca. Sus chasquidos y ruidos chirriantes suenan como su nombre: "geco". Tienen dedos acolchados y pegajosos que los ayudan a trepar por las superficies lisas.

Anacondas — Las anacondas forman parte de la familia de las boas y son unas de las serpientes más grandes y poderosas del mundo. Aunque la mayoría de las serpientes nacen de huevos, las anacondas, como los humanos, tienen crías.

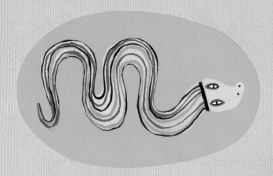

Jaguares — Los jaguares son felinos grandes y solitarios, ya casi desaparecidos en estado salvaje. Los pueblos antiguos los identificaban con la realeza como un símbolo de poder, fuerza y valentía en la guerra.

Nutrias gigantes — Las nutrias gigantes viven en cuevas fangosas en las orillas de los lagos y ríos. Estas nutrias tienen patas cortas que las hacen torpes en tierra, pero sus colas fuertes y aplanadas las convierten en ágiles y veloces nadadoras.